Los melocotones

vagamundos

Editado por Ediciones Traspiés
www.traspies.com
foto@traspies.com

© de las ilustraciones Andrea Noca
© de la traducción Elvira Cámara
© de la edición Ediciones Traspiés

Código IBIC: FA AFF WZG
ISBN 978-84-128241-3-1
Depósito Legal: GR 1744-2024
Impreso en Gráficas Masquelibros

Esta obra ha recibido una ayuda
a la edición del Ministerio de Cultura

Esta obra ha sido impresa con papel procedente de
explotaciones forestales controladas

Prólogo

Dylan Marlais Thomas (Swansea 1914-Nueva York 1953), es un autor galés que escribe en lengua inglesa. Hijo de padres bilingües, Thomas no crecería con esta peculiaridad, lo cual no impide que se pueda apreciar en su escritura la sutileza y sensibilidad de dicho idioma. A la edad de veinte años, nada más llegar a Londres, sale publicado su primer libro de poemas, *Dieciocho poemas* (1934), lo que le sirve de carta de presentación ante los escritores de la época, comenzando así a ser conocido por su faceta como poeta, para posteriormente destacar también por su prosa a través del cuento. Autor polifacético, escribiría teatro y hasta una novela que quedó inacaba, y se ganaría la vida ejerciendo como periodista o como guionista para radio, cine y televisión. *El mapa del amor* (1939) es un símbolo de lo que acabamos de decir: con el subtítulo «Verso y prosa», en este libro aúna sus dos vertientes más representativas como escritor, la de poeta y la de cuentista, obra en la que reúne dieciséis poemas y seis cuentos.

Autor de un volumen autobiográfico, *Retrato del artista cachorro* (1940) es otra de sus obras más singulares y destacadas. En ella Thomas recoge diez cuentos de corte autobiográfico en los que el lirismo de su poesía se entremezcla con el realismo de las experiencias vividas y contadas al lector a través de buenas dosis de humor. Es este último un ingrediente con un amplio abanico de registros, ya que Thomas es capaz de sacarnos una carcajada liberadora, una sonrisa o hacernos llorar a través del humor negro. En sus textos se percibe a un autor entrañable, atento a los detalles y muy observador, que con pinceladas adjetivales es capaz de pintar un paisaje rural en el que vivió, compartió períodos de su vida como niño o joven adolescente con familiares y amigos, y del que nos deja testimonio a través de sus cuentos.

«Los melocotones», la narración que se recoge e ilustra en este libro, es uno de esos diez cuentos que componen *Retrato del artista cachorro*. Unos melocotones en conserva se convierten en una excusa para que Thomas nos haga sumergirnos y bucear en una historia que le marcaría en su adolescencia. De la magia de pasar parte de sus vacaciones en la granja de unos familiares y compartir aventuras con un primo unos años mayor que él, a la sordidez de un tío que se emborracha con frecuencia y cuyo comportamiento afecta a las relaciones con los demás miembros de la familia o con otros invitados que pasan por la finca. La riqueza descriptiva, con pasajes cargados de minuciosas descripciones, las prolíficas enumeraciones con series casi interminables de sustantivos y adjetivos, o el uso de párrafos inusualmente largos para la idiosincrasia de la lengua inglesa son algunas de las señas de identidad del estilo del autor y que se pueden apreciar con claridad en este cuento. En él también se aprecia el lirismo de un poeta, con el uso de imágenes y metáforas tan coloridas y vívidas como sorprendentes y representativas de la manifestación de un entorno y una época. El mundo de los sueños, el de los juegos de la infancia, el atrevimiento y la rebeldía propios de la edad se combinan con la reflexión, la duda, el vaivén de las emociones y el juicio de un joven que se empieza a asomar a la vida adulta.

El lector tiene entre sus manos un relato que bien podría ser una muestra representativa de un autor muy conocido y valorado en el Reino Unido y en Estados Unidos, país este último que le acogería en varias ocasiones invitándole a difundir su obra y que, tristemente, también le vería morir a los treinta y nueve años.

Elvira Cámara

Los melocotones

Dilan Thomas

Ilustrado por Andrea Noca

Era una tarde de abril. El carro de color verde, con la inscripción «J. Jones, Gorsehill» pintada de forma irregular, se detuvo en el callejón adoquinado que hay entre The hare's foot y The pure drop. Tío Jim, vestido con su traje del mercado negro, una camisa almidonada sin cuello, llamativas botas nuevas y una gorra de cuadros, se bajó con un crujido. Arrastró una basta cesta de mimbre que se encontraba sobre un montón de paja en un rincón del carro y, de un golpe, se la subió al hombro. Oí un gruñido que procedía de la cesta y, cuando abrió la puerta de The pure drop, vi que sobresalía un rabo en forma de espiral.

—No tardaré más de dos minutos —me dijo.

El bar estaba lleno. Había dos mujeres gruesas con vestidos claros sentadas junto a la puerta. Una de ellas tenía a un niño pequeño de piel oscura sobre su falda y, al ver a tío Jim, se empujaron la una a la otra.

—No te muevas de ahí. No tardaré —dijo con con agresividad como si yo le hubiera llevado la contraria.

La otra mujer levantó los brazos y lo llamó con voz fuerte y alegre, mientras agitaba el cuerpo. Acto seguido, la puerta se cerró y las voces se desvanecieron.

Estaba solo, sentado en la vara del carro en aquel callejón estrecho mirando por una ventana lateral de The hare's foot. Había una persiana manchada que estaba medio bajada. Podía ver la mitad de una habitación secreta,

llena de humo, con cuatro hombres jugando a las cartas. Uno de ellos era muy grande, moreno, tenía un bigote con las puntas retorcidas hacia arriba y un mechón de pelo rizado sobre la frente. Junto a él se sentaba un hombre delgado, calvo, de tez pálida y con los carrillos chupados. En la sombra quedaban ocultos los rostros de los otros dos hombres. Todos ellos bebían de jarras grandes de peltre y ninguno hablaba. Depositaban las cartas sobre la mesa con un golpe seco, encendían cerillas, fumaban sus respectivas pipas, tragaban saliva con preocupación, hacían sonar la campanilla de metal y, mediante una señal con la mano, pedían más bebida a una mujer con camisa de flores, gorra de hombre y gesto avinagrado.

La calle se oscureció de repente. Las paredes se agolparon unas sobre otras y los tejados se agazaparon. Para mí, estar mirándolo todo con timidez desde aquel callejón oscuro en mitad de un lugar extraño, hacía que el hombre de grandes dimensiones pareciera un gigante en una jaula rodeado de nubes, y el viejo calvo se transformara en un montículo negro con la parte superior de color claro. Dos manos blancas salían de un rincón con cartas invisibles. Desde Union Street, un hombre con una navaja de doble filo podría estar dirigiéndose hacia mí como si tuviera muelles en las botas.

—¡Tío Jim!, ¡tío Jim! —Llamé a mi tío con tono bajo para que no pudiera oírme.

Comencé a silbar entre dientes, pero cuando me detuve creí oír el silbido sonando detrás de mí. Me bajé del carro y me acerqué a la ventana. Una mano fue trepando por el cristal hasta alcanzar la cuerda de la persiana. En el poco espacio que había entre donde yo estaba y los jugadores de cartas sentados en torno a la mesa no sabría decir a qué lado del cristal se encontraba la mano que estaba bajando la persiana lentamente. Mi silueta aparecía recortada en mitad de la noche sobre un cuadrado manchado. Un ruido en el adoquinado trajo de repente una historia que había creado desde la cálida y segura isla de mi cama una noche mientras Swansea dormía y se mecía en torno a la casa. Me vino a la mente el diablo de esa historia, con sus alas y garras, que se enganchaba como un murciélago a mi pelo mientras luchaba por todo Gales por encontrar a una joven inteligente y esbelta de cabellos dorados y ascendencia real recluida en un convento de Swansea. Intenté recordar su verdadero nombre, sus largas y casi perfectas piernas, envueltas en medias negras, su sonrisa, sus impecables rizos. Las alas con garfios me desgarraron, y el color de su pelo y de sus ojos se fue apagando hasta desvanecerse como el verde del carro, que ahora era una montaña gris, oscura, que se erigía enhiesta entre las paredes de aquel callejón.

Y todo este tiempo, la vieja y robusta yegua, a la que no habían puesto nombre, se encontraba tranquila, sin haber coceado el suelo o agitado las riendas ni una sola vez. Le dije que era una buena chica y me encontraba de puntillas para intentar acariciarle las orejas cuando la puerta del bar se abrió y la cálida luz que procedía del interior me deslumbró e hizo desvanecerse mi historia. El miedo desapareció y ya solo sentía hambre y enojo. Las dos corpulentas mujeres que había junto a la puerta le dieron las buenas noches a mi tío entre risas y entre el murmullo y el agradable olor que salía de allí. El niño dormía acurrucado bajo el banco y tío Jim les dio un beso a cada una en los labios.

—Buenas noches.
—Buenas noches.

—Buenas noches.

El callejón se volvió a quedar a oscuras.

Tío Jim llevó a la yegua marcha atrás hasta Union Street, mientras se tambaleaba pegado a ella, maldecía su tranquilidad y le daba palmadas en el morro. A continuación nos subimos en el carro.

—Hay mucho vagabundo borracho —dijo conforme nos desplazábamos entre traqueteos a través de la ciudad que dormía bajo la luz parpadeante de los faroles.

Fue todo el camino hasta Gorsehill cantando en un tono bajo y afectado mientras dirigía el viento con el látigo. No hacía falta que tocara las riendas. Ya en la zona con más baches, cuando las ramas que sobresalían de los setos pinchaban al animal por las bridas y a nosotros en las gorras, nos detuvimos con un «¡sooo!» para que tío Jim encendiera la pipa y alumbrara así la

oscuridad y me mostrara la ebria y enrojecida cara larga de zorro con sus encrespadas patillas y su nariz húmeda y sensible. En una pequeña colina al final del camino se podía ver una casa blanca con la luz encendida en uno de los dormitorios en mitad del campo.

Aunque estaba quieta, tranquila, tío Jim le susurró a la yegua: «buena, buena chica», y de repente, con un tono elevado, se dirigió a mí por encima del hombro y me dijo: «allí vivió un verdugo».

Dio un manotazo sobre la vara y traqueteamos en mitad de un viento helado y cortante. Temblaba de frío, así que se encajó la gorra hasta las orejas. La yegua, en cambio, parecía una estatua con trote torpe, y los demonios que aparecían en mis historias, si hubieran trotado a su lado o se hubieran reunido y todos juntos se hubieran puesto a reír burlonamente ante sus ojos, no habrían conseguido el más mínimo cabeceo o aceleración.

—Debería haber colgado a la señora Jesus —dijo mi tío.

Entre canturreos, maldijo a la yegua en galés. La casa blanca se quedó atrás y la luz y la colina fueron engullidas por la oscuridad.

—Ahora ya no vive nadie —añadió.

Llegamos a Gorsehill, donde se encontraba la granja, y sonaron las piedras, y los establos, vacíos y oscuros, absorbieron el sonido y lo ahuecaron de tal forma que nos detuvimos en un círculo hueco de oscuridad, y la yegua se convirtió en un animal hueco, y nada tenía vida en la hueca casa situada en un extremo de la finca, a excepción de dos palos con caras hechas con nabos.

—Corre y ve a ver a Annie. Tendrá preparado caldo caliente y patatas —dijo mi tío.

Condujo a la hueca y desaliñada estatua al establo, haciendo sonar sus cascos hacia la morada de los ratones. Conforme me dirigía a la casa, oí el sonido de la cerradura.

La parte delantera de la casa era una concha negra y la puerta en forma de arco la oreja que escucha. La empujé y me adentré en el pasillo refugiándome del viento. Era como caminar hacia el viento y la noche hueca, atravesando una concha alta y vertical en la orilla de una isla. De repente, se abrió una puerta que había al final del pasillo. Vi los platos en los estantes, la lámpara encendida sobre la mesa cubierta con hule, la frase a punto de cruz «Prepárate para recibir al Señor» sobre la chimenea, los perros de porcelana con gesto alegre, el banco marrón de respaldo alto, el reloj de la abuela y corrí hacia la cocina en busca de los brazos de Annie.

Annie me recibió con cariño. Estaba dándome un beso cuando el reloj marcó las doce y yo permanecí allí de

pie, entre la claridad y el sonido de aquel reloj, como un príncipe que se despoja de su disfraz. Hacía unos momentos era pequeño, tenía frío, estaba muerto de miedo, me encontraba vestido con mi traje nuevo en un pasillo oscuro y me sonaban las tripas vacías y el corazón latía como si fuera una bomba de relojería. Agarraba con fuerza mi gorra del uniforme escolar, algo que me resultaba extraño, un contador de historias de nariz respingona perdido en sus propias aventuras y soñando con volver a casa. Minutos más tarde, era un sobrino de sangre azul, bien vestido, abrazado y acogido en el cómodo centro de mis propias historias que escucha el reloj que anuncia su presencia. Rápidamente me senté en la silla que había junto a la cavernosa chimenea y me quitó los zapatos. Las refulgentes lámparas y el sonido ceremonioso del reloj me rendían pleitesía. Preparó un baño de agua caliente con polvo de mostaza y té, me dio unos calcetines de mi primo Gwilym y un abrigo viejo de mi tío que olía a conejo y a tabaco. Se quejó y chasqueó la lengua y asintió y, a la vez que preparaba pan con mantequilla, me estuvo contando que Gwilyn seguía estudiando para ser sacerdote, y que la tía Rach Morgan, que tenía noventa años, se había caído de frente sobre una guadaña.

De repente, tío Jim apareció como si fuera el diablo, con la cara roja, la nariz húmeda y con las velludas manos temblorosas. Caminaba con pesadez; se tambaleó y chocó contra el aparador, lo que hizo que se movieran los platos de la coronación, y un gato flaco que había tumbado en el rincón salió disparado. El tío parecía casi dos veces más alto que Annie. Podría llevarla escondida bajo su abrigo y sacarla sin más. Era una mujer pequeña y desdentada, de piel oscura y con la espalda encorvada, que tenía una cascada voz cantarina.

—No deberías haberlo tenido fuera tanto tiempo —dijo con cierta timidez sin ocultar su enfado.

Se sentó en su silla favorita, el trono resquebrajado de un bardo en bancarrota; encendió la pipa, estiró las piernas y comenzó a echar nubes de humo hacia el techo.

—Podría haberse muerto del frío —añadió.

Le hablaba por la espalda mientras él se envolvía en su propia nube de humo. El gato se escabulló. Me senté a la mesa y, ya con la cena terminada, descubrí una pequeña botella vacía y un globo blanco en los bolsillos del abrigo.

—Sé bueno y vete a la cama, anda —me susurró Annie.

—¿Puedo ir a ver los cerdos?

—Por la mañana, cielo —me dijo.

Así que le di las buenas noches a tío Jim, que se giró, me sonrió y me hizo un guiño en mitad de aquella nube de humo. Luego, le di un beso a Annie y encendí la vela.

—Buenas noches.

—Buenas noches.

—Buenas noches.

Subí las escaleras; tenían voces diferentes. La casa olía a madera carcomida, a humedad y a animales. En esos momentos pensé que había estado toda la vida recorriendo largos y húmedos pasillos y subiendo escaleras solo y en mitad de la oscuridad. Me detuve en la puerta de Gwilym, en el rellano, donde había corriente.

—Buenas noches.

La luz de la vela invadió mi habitación, donde había un quinqué con la llama muy baja y las cortinas se movían. El agua del vaso que había sobre una mesita redonda junto a la cama también se movió conforme la puerta se cerró y lamió ambos lados del cristal. Bajo la ventana pasaba un arroyo. Estuve toda la noche pensando que aquel arroyo lamía las paredes de la casa, hasta que debí caer dormido.

—¿Puedo ir a ver los cerdos? —le pregunté a Gwilym a la mañana siguiente. El miedo hueco de la casa había desaparecido y, conforme corría escaleras abajo en busca de mi desayuno, podía percibir el dulzor de la madera y la hierba fresca de primavera, el olor de la finca en un desordenado silencio, con la cuadra de las vacas de un blanco sucio y medio desvencijada y los establos vacíos abiertos.

Gwilym era un joven alto de unos veinte años con una vara fina por cuerpo y cara en forma de pala. Se podría cavar el jardín con él. Tenía una voz profunda que se rasgaba en dos cuando se exaltaba y se cantaba para sí, alto y bajo, con la misma melodía triste, y escribía cánticos en el granero. Me contaba historias sobre chicas que habían muerto por amor.

—Y puso una cuerda en el árbol, pero era demasiado corta. Se clavó una navaja en el pecho, pero era demasiado roma —me decía.

Aquel día estábamos en el establo, sentados sobre un montón de paja, a media luz y con los postigos cerrados. Se giró y se tumbó junto a mí, levantó el pulgar y la paja sonó.

—Saltó al río con el agua helada, saltó —dijo con la boca en mi oído—. ¡Se pegó una buena leche, Dios, y se mató! —dijo chillando como un murciélago.

Las pocilgas estaban al fondo, en la parte más alejada de la finca. Nos pusimos en camino. Gwilym iba vestido del negro propio de un sacerdote, aunque era un día cualquiera por la mañana; yo llevaba un traje de sarga con el bajo zurcido. Tres gallinas escarbaban entre las embarradas piedras y

el *collie*, que tenía solo un ojo, dormía con él abierto. Las destartaladas construcciones anexas tenían los tejados caídos y la madera pasada, agujeros en los lados, las contraventanas rotas y la pintura descascarillada. Los clavos oxidados se desprendían de los tablones torcidos y descolgados. El gato flaco de la noche anterior se limpiaba la cara acomodado entre las astilladas mandíbulas de botellas, en lo alto del montón de basura que se elevaba en forma de pirámide al nivel del agujereado tejado del chamizo para el carro y desde el que se desprendía un olor dulce y fuerte. No había ningún lugar como aquella granja en toda la descuidada zona, ningún lugar tan pobre, extenso y sucio como aquel recuadro de barro, basura, madera podrida y piedras donde un puñado de gallinas viejas y embarradas escarbaban y ponían huevos pequeños. Un pato salía del abrevadero en una pocilga desierta.

Ahora, un hombre joven y un niño de pelo rizado permanecían de pie, mirando desde lo alto de un muro a una puerca que daba de mamar con las tetas enfangadas.

—¿Cuántos lechones hay?

—Cinco. La muy zorra se comió uno —contestó Gwilym.

Los fuimos contando mientras se retorcían, rodaban sobre sí, se acercaban torpemente, se empujaban y chillaban junto a la madre. Había cuatro. Los volvimos a contar. Cuatro cerdos, cuatro colas limpias de color de rosa que se enroscaban a la par que con sus hocicos mamaban y la cerda gruñía de dolor y placer a la vez.

—Debe de haberse comido otro —comenté, y cogí un palo rascador y le pinché y con él le eché las gruesas cerdas de la piel hacia atrás— o un zorro saltó el muro —añadí.

—No fue la puerca o un zorro —comentó Gwilym—. Fue padre.

Pude ver a tío Jim, alto y astuto, con la cara roja, sujetando con sus velludas manos al cerdo que se retorcía de dolor; podía verlo clavándole los dientes en el muslo; podía visualizarlo comiendo patas de cerdo. Lo veía con el cuerpo inclinado sobre el muro de la pocilga con las patas del cerdo saliéndole por la boca.

—¿Tío Jim se ha comido al cerdo?

Ahora, en este mismo instante, podía imaginarlo detrás de las desvencijadas maderas del cobertizo, de pie, lleno de plumas, masticando las cabezas vivas de las gallinas.

—Lo vendió para poder seguir bebiendo —dijo Gwilym en voz baja, en un tono cargado de reprensión, mientras mantenía los ojos fijos en la pocilga—. La Navidad pasada, se echó una oveja sobre los hombros y estuvo borracho diez días.

La cerda se giró y se colocó cerca del palo rascador y los lechones que mamaban, perdidos y chillando en la repentina oscuridad, forcejeaban por salir de los pliegues de la madre.

—Ven a ver mi capilla —dijo Gwilym.

En seguida se olvidó del lechón perdido y comenzó a hablar de las ciudades que había visitado en un viaje religioso: Neath y Bridgend, Bristol y Newport, llenas de lagos y majestuosos jardines, de calles coloridas y plenas de luz, todas en un bullicio de tentaciones. Nos fuimos de allí, dejando atrás la pocilga y a la frustrada cerda.

—Conocí a una actriz tras otra —dijo.

La capilla de Gwilym se encontraba en el último cobertizo antes de llegar al terreno que se encaminaba al río. Destacaba bien en toda la finca, situada en una sucia colina. Había una única puerta con un candado grueso, pero se podía acceder por los huecos que había en cualquiera de sus lados. Sacó un aro con llaves, lo agitó con suavidad y las fue probando una por una.

—De postín. Las compré en una tienda de artículos usados en Carmarthen. Entramos en la capilla por uno de los huecos. En el centro había un carro lleno de polvo, con el nombre tapado con pintura y una cruz hecha con cal en uno de los costados.

—Mi carro-púlpito —dijo, y accedió solemnemente a través de la vara rota—. Siéntate en el heno y ten cuidado con los ratones —añadió—. Después, con una voz profunda, gritó al cielo y a los travesaños llenos de murciélagos y a las colgantes telas de araña diciendo:

—Bendícenos en este día santo, oh, Señor, bendícenos a mí y a Dylan y a esta tu capilla, por los siglos de los siglos, Amén. Le he hecho muchas mejoras a este sitio.

Me senté sobre el heno y miré a Gwilym mientras predicaba y oía cómo

su voz se elevaba y se rompía y se hundía hasta convertirse en un susurro para irrumpir en forma de canto y en galés y sonar con un timbre triunfal y embravecerse y volverse mansa. El sol entraba por un hueco, dejaba caer el resplandor sobre sus orantes hombros cuando dijo:

—Oh, Dios, Tú que estás en todas partes todo el tiempo, en el rocío de la mañana, en la escarcha de la noche, en el campo y en la ciudad, en el predicador y en el pecador, en el gorrión y en el gran buitre. Tú que puedes verlo todo, hasta lo más profundo de nuestros corazones; Tú que puedes vernos cuando el sol se ha puesto; Tú que puedes vernos cuando no hay estrellas, en la espesura de la noche, en el más hondo de los pozos; Tú que puedes vernos, observarnos y espiarnos continuamente, en los pequeños rincones oscuros, en las grandes praderas, bajo las mantas cuando roncamos agitados, en las sombras tenebrosas; en la absoluta oscuridad, en la oscuridad total; Tú que puedes ver todo lo que hacemos, durante el día y por la noche, por la noche y durante el día, todo, todo; Tú que puedes verlo todo todo el tiempo. Oh, Dios, debes ser, eres como un maldito gato.

Dejó caer las manos que había tenido apretadas. La capilla del granero quedó en silencio e iluminada por los rayos del sol. No había nadie que cantara el Aleluya; era demasiado pequeño y quedé hechizado en mitad de aquel silencio. El pato que había fuera graznó.

—Ahora toca hacer la colecta —dijo Gwilym.

Descendió del carro, metió la mano en el heno que había debajo y me acercó una lata abollada.

—No tengo nada mejor —dijo,— y eché dos monedillas.

—Es hora de ir a comer —añadió, y regresamos a la casa sin decir una palabra.

Cuando terminamos de comer, Annie dijo:

—Ponte tu traje nuevo. El de rayas.

Iba a ser una tarde especial ya que mi mejor amigo, Jack Williams, de Swansea, iba a venir con su adinerada madre en un automóvil para que Jack pasara quince días conmigo.

—¿Dónde está tío Jim? —pregunté.

—Se ha ido al mercado —contestó Annie.

Gwilym hizo un breve sonido imitando a un cerdo. Sabíamos dónde estaba. Estaba en un bar con un ternero sobre los hombros y dos lechones gruñendo en los bolsillos y los labios húmedos de sangre de toro.

—¿Es muy rica la señora Williams? —preguntó Gwilym.

Le dije que tenía tres autos y dos casas, algo que era mentira.

—Es la mujer más rica de Gales, y llegó a ser alcaldesa una vez —añadí—. ¿Vamos a tomar el té en la mejor sala de la casa? —pregunté.

Annie asintió con la cabeza y acto seguido dijo: —Y una lata grande de melocotones.

—Esa lata lleva en el aparador desde Navidad. Mamá la tenía reservada para un día como este —dijo Gwilym.

—Son unos melocotones extraordinarios —comentó Annie, que subió arriba a vestirse de domingo.

La mejor sala olía a bolas de alcanfor, a piel curtida, a humedad, a plantas muertas y a aire viciado y agrio. Dos vitrinas sobre muebles de madera en forma de ataúd ocupaban la pared donde se encontraba la ventana. Se podía ver el huerto lleno de maleza a través de las patas de un zorro embalsamado, de la cabeza de una perdiz y junto al pecho rojo de un pato salvaje también embalsamado. Cerca de una mesa con patas arqueadas se podía ver una caja de peltre y porcelana china, baratijas, dientes y broches de familia. Había una lámpara de aceite sobre el tapete de *patchwork*, una Biblia con cierre, un jarrón alto con una mujer a punto de bañarse y una foto enmarcada de Annie, el tío Jim y Gwilym sonriendo delante de una maceta de helechos. Sobre la repisa de la chimenea había dos relojes, algunas figurillas de perros, candelabros de bronce, una pastora, un hombre con falda escocesa y una foto en sepia de Annie, con pelo alto y un pecho prominente. Había sillas alrededor de la mesa, así como en cada esquina: rectas, curvadas, manchadas, acolchadas, todas con pañitos de encaje colgando sobre los respaldos. Una sábana blanca remendada cubría el armonio como si fuera una mortaja. En el hogar de la chimenea había tenazas, palas y atizadores. La mejor sala rara vez se utilizaba. Annie la barría,

le limpiaba el polvo y le sacaba brillo una vez a la semana, pero la alfombra aún generaba una nube gris cuando la pisabas y el polvo se extendía de manera uniforme sobre los asientos de las sillas, y las bolas de algodón y suciedad, borra negra y pelos largos de caballo se acumulaban en forma de cuña en las rajas del sofá. Soplé sobre el cristal para ver las fotos. Gwilym, castillos y ganado.

—Cámbiate de traje ya —dijo Gwilym.

Yo quería llevar mi ropa de diario para parecer un granjero; y tener estiércol en los zapatos y oírlo crujir al andar, quería ver a una vaca parir terneros y a un toro cubriendo a una vaca, quería correr por el valle y mojarme los calcetines, salir y gritar «vamos so p***», quería apedrear a las gallinas y hablar con voz recia, pero, en cambio, subí a mi habitación y me puse el traje de rayas.

Desde allí pude oír el motor de un coche que se acercaba. Eran Jack Williams y su madre.

—¡Ya están aquí! ¡Vienen en un Daimler! —gritó Gwilym desde el pie de las escaleras, y salí corriendo despeinado y con la corbata sin anudar.

En la puerta se oía a Annie decir: «Buenas tardes, señora Williams, buenas tardes. Por favor, pase, hace un día precioso, señora Williams. ¿Han tenido un buen viaje? Por aquí, señora Williams, cuidado con el escalón».

Annie llevaba un reluciente vestido negro que olía a naftalina, como las fundas de las sillas de la mejor sala. Se le había olvidado cambiarse las zapatillas, que estaban llenas de barro y de agujeros. Fue haciendo aspavientos a lo largo del empedrado pasillo ante la señora Williams, moviendo la cabeza de un lado a otro, parloteando, azorada, excusándose por la casa tan pequeña y atusándose el pelo con su mano áspera y regordeta, toda nerviosa.

La señora Williams era alta y corpulenta, con pecho prominente y piernas robustas; tenía unos tobillos hinchados que se desbordaban sobre unos zapatos con forma puntiaguda. Iba ataviada como una alcaldesa o como un barco y, con cierto balanceo, caminó tras Annie hasta llegar a la mejor sala.

—No se moleste por mí, señora Jones, por favor. Es usted muy amable —comentó.

Antes de sentarse, con un pañuelo de encaje que sacó de su bolso, le quitó el polvo a una silla.

—No puedo entretenerme, como se podrá imaginar —añadió.

—Oh, pero debe quedarse a tomar una taza de té —dijo Annie, cambiando y retirando las sillas de la mesa de tal forma que nadie podía moverse y la señora Williams quedó rápidamente

acorralada con su pecho, sus anillos, su bolso; abrió la vitrina donde estaba la vajilla de porcelana y tiró la Biblia al suelo, la volvió a recoger y la limpió rápidamente con la manga.

—Y unos melocotones —dijo Gwilym, que se encontraba de pie en el pasillo con el sombrero puesto.

—Quítate el sombrero, Gwilym; que la señora Williams se sienta cómoda—le dijo Annie, y puso la lámpara sobre el tapado armonio. A continuación, extendió un mantel blanco que tenía una mancha de té en el centro, saco el juego de porcelana y colocó cuchillos y tazas para cinco.

—No se moleste, querida —dijo la señora Williams—. ¡Qué zorro tan bonito! —dijo, señalando con un dedo lleno de anillos en dirección a la vitrina.

—Es sangre de verdad —le dije a Jack, y saltamos por encima del sofá hasta la mesa.

—No lo es; es tinta roja —contestó él.

—¡Tus zapatos! —espetó Annie.

—No pises el sofá, Jack, por favor.

—Si no es tinta, entonces es pintura.

—¿Quiere un poço de pastel, señora Williams? —preguntó Gwilym. En ese momento, las tazas que Annie llevaba en las manos tintinearon.

—¡No hay ni una pizca de pastel en toda la casa! —intervino Annie—. Se nos olvidó encargarlo. ¡Cuánto lo siento, señora Williams! Ni una pizca.

—Una taza de té nada más, gracias —contestó la invitada.

Estaba sudando debido a que había tenido que caminar desde donde había dejado el coche. Eso le estropeó el maquillaje. Emitía destellos con los anillos mientras se daba ligeros golpecitos en la cara.

—Tres terrones —dijo—. Estoy segura de que Jack estará muy feliz aquí.

—Tan feliz como unas pascuas —añadió Gwilym y se sentó.

—Señora Williams, tiene que probar los melocotones. Están buenísimos.

—Deberían estarlo después de tanto tiempo —comentó Gwilym.

A Annie le temblaron las manos e hizo sonar las tazas de nuevo.

—Muchas gracias, pero no me apetecen —contestó la señora Williams.

—Oh, tiene que probarlos, señora Williams. Solo uno. Con un poco de nata.

—No, no, señora Jones, gracias igualmente. Si fueran peras o un trozo de pastel no me importaría, pero no puedo con los melocotones.

Jack y yo dejamos de hablar y Annie dirigió la mirada a sus zapatillas de deporte. Uno de los relojes que había sobre la chimenea tosió y marcó la hora. La señora Williams se levantó con dificultad de la silla y añadió:

—¡El tiempo vuela!

Se abrió paso entre los muebles, se golpeó con el aparador, hizo sonar baratijas y broches y le dio un beso en la frente a Jack.

—Llevas perfume —dijo él.

—¡Portaos bien! —nos dijo, y a mí me dio unos golpecitos en la cabeza.

Con un susurro le dijo a Annie:

—Y recuerde, señora Jones, comidas sencillas y apropiadas. Nada de caprichos.

Annie la acompañó a salir con paso lento y le contestó:

—Lo haré lo mejor posible, señora Williams.

La oímos despedirse, bajar los escalones de la cocina y cerrar la puerta. Se oyó el motor del coche en el exterior, y el sonido fue disminuyendo hasta desaparecer. Jack y yo salimos corriendo por el angosto valle gritando, cortando zarzas con nuestras hachas de palo, bailando y berreando. Patinamos y nos detuvimos y nos fuimos por los matorrales que había junto a la orilla del arroyo. Más arriba se sentaba Gwilym, con un ojo, tuerto, delgado, siniestro, con diez marcas, mientras cargaba sus armas en Gallows Farm. Nos arrastrábamos y,

escondidos entre la maleza, hacíamos sonidos de disparos a la señal de un silbido; entre la hierba alta y agazapados nos quedábamos allí, pendientes del ruido de la hojarasca o el crujir secreto de las ramas.

En cuclillas, nervioso y solo, proyectando una sombra negra, con la jungla de Gorsehill por todas partes, con los pájaros violentos e imposibles y los peces saltando, escondidos bajo flores de cuatro tallos de la altura de un caballo, al atardecer en un valle cerca de Carmarthen, con mi amigo Jack Williams invisiblemente cerca de mí, sentí que todo mi cuerpo se agitaba como si fuera un animal inquieto que merodea. Las rodillas llenas de rasguños se me doblaron, el corazón me latía con fuerza, una ola de calor me recorría las piernas, el sudor me cosquilleaba las manos, sentí los túneles hasta los tímpanos, las bolitas de suciedad entre los dedos de los pies, los ojos en las cuencas, la voz plegada, la sangre circulando veloz, los recuerdos dando vueltas, volando, saltando, nadando y esperando para abalanzarse. En aquel lugar, mientras jugaba a los indios al atardecer, tenía conciencia de mí mismo, en el centro justo de una historia viva, real, y mi cuerpo era mi nombre y mi aventura. Salté de alegría, y de nuevo subí gateando a través de las zarzas silvestres.

—¡Te he visto! ¡Te he visto! —gritó Jack y salió corriendo detrás de mí—. ¡Pam! ¡Pam! ¡Estás muerto!

Aunque yo era joven, inquieto y estaba vivo, me tumbé obediente.

—Ahora te toca a ti intentar matarme. Cuenta hasta cien —replicó Jack.

Cerré un ojo y lo vi correr y dar pisadas fuertes en dirección a la parte de arriba; después, volvió de puntillas y se subió a un árbol. Conté hasta cincuenta y corrí hasta el pie del árbol y le disparé conforme subía.

—Tienes que tirarte —le ordené.

Jack se negó a hacerlo, así que subí yo también al árbol y trepamos hasta las ramas más altas, desde donde mirábamos hacia el retrete que se encontraba en un extremo de la finca.

Allí estaba Gwilym sentado, con los pantalones bajados. Era una figura pequeña de color negro y estaba leyendo un libro y moviendo las manos.

—¡Te estamos viendo! —le gritamos.

Se subió los pantalones rápidamente y se guardó el libro en el bolsillo.

—¡Te estamos viendo, Gwilym!

Salió al campo de nuevo y nos preguntó que dónde estábamos, a lo que respondimos haciéndole señales con nuestras gorras.

—¡Estamos en el cielo! —le gritó Jack.

—¡Volando! —añadí yo y extendimos nuestros brazos como si fueran alas.

—Bajad volando hasta aquí.

Jack y yo nos mecimos en las ramas y comenzamos a reírnos.

—¡Vamos, pájaros! —gritó Gwilym.

Se nos rasgaron las chaquetas, y teníamos los calcetines y los zapatos mojados. Teníamos musgo verde y trocitos de corteza marrón en las manos y en la cara cuando entramos para cenar, así que nos llevamos una regañina. Aquella noche Annie permaneció en silencio, aunque eso no impidió que me llamara granuja y que dijera que no sabía qué iba a pensar la señora Williams. También se dirigió a Gwilym y le dijo que él debería saberlo. Le hicimos burla a Gwilym y le pusimos sal en el té, pero tras la cena dijo:

—Podéis venir a la capilla después de cenar, si queréis.

Encendió la vela y la puso en lo alto del carro-púlpito. Era una pequeña luz en mitad del enorme granero. Los murciélagos se habían ido. Sus sombras todavía colgaban boca abajo en el techo. Gwilym había dejado de ser mi primo en traje de domingo para convertirse en un personaje alto y extraño con forma de pala envuelto en una capa, con una voz ahora demasiado profunda. Los montones de paja parecían tener vida. Me acordé del sermón del carro: nos estaban observando, el corazón de Jack estaba siendo observado, la lengua de Gwilym estaba siendo vigilada, la frase que dije en voz baja "mira a los pequeños ojos" se recordaría para siempre.

—Estoy preparado para confesar —dijo Gwilym desde el carro.

Jack y yo nos pusimos en pie, con la cabeza descubierta, en el círculo que emitía la luz de la vela. Podía sentir cómo le temblaba todo el cuerpo a Jack.

—Tú primero. El dedo de Gwilym, tan incandescente como si hubiera estado sobre la llama de la vela hasta arder, apuntó hacia mí. Levantando la cabeza, di un paso en dirección al carro-púlpito.

—Ahora, confiésate —dijo Gwilym.

—¿Qué tengo que confesar?

—Las peores cosas que hayas hecho.

Dejé que azotaran a Edgar Reynolds porque me llevé sus deberes; robé dinero del bolso de mi madre; también cogí del bolso de Gwyneth; robé doce libros en tres visitas a la biblioteca y luego los tiré en el parque; me bebí un vaso de mi orina para ver cómo sabía; golpeé a un perro con un palo para que se diera la vuelta y después me lamiera la mano; miré por la cerradura con Dan Jones mientras su sirvienta se bañaba; me hice un corte en la rodilla con una navaja y me limpié la sangre con el pañuelo y dije que era de los oídos para fingir que estaba enfermo y asustar a mi madre; me bajé los pantalones delante de Jack Williams; vi a Billy Jones golpear a una paloma hasta la muerte con una pala de chimenea y me reí y vomité; Cedric Williams y yo entramos en la casa de la señora Samuel y llenamos las camas de tinta.

—No he hecho nada malo —dije.

—Vamos, confiesa —dijo Gwilym con el ceño fruncido.

—¡No puedo! ¡No puedo! No he hecho nada malo —insistí.

—¡Vamos, confiesa!

—¡No! ¡No lo haré!

—¡Quiero irme a casa! —Jack comenzó a llorar.

Gwilym abrió la puerta de la capilla y salimos detrás de él. Pasamos los oscuros y destartalados cobertizos en dirección a la casa y Jack fue sollozando todo el camino.

Ya juntos en la cama, Jack y yo confesamos nuestros pecados.

—Yo también robé dinero del monedero de mi madre; está lleno de libras.

—¿Cuánto le robaste?

—Tres peniques.

—Yo maté a un hombre una vez.

—No es cierto.

—Le disparé al corazón, ¡palabra de honor!

—¿Cómo se llamaba?

—Williams.

—¿Y sangró?

En ese momento pensé que el agua del arroyo lamía las paredes de la casa.

—Como un cerdo —contesté.

Las lágrimas de Jack habían desaparecido.

—No me gusta Gwilym. Es un chiflado.

—No, no lo es. Una vez, encontré un montón de poemas en su habitación. Eran poemas escritos para chicas. Me los enseñó después y había cambiado los nombres de ellas por el de Dios.

—Es religioso.

—No, no es religioso. Sale con actrices. Conoce a Corinne Griffith.

I LET EDGARD RAYNOLDS BE WHIPPED BECAUSE I HAD TAKEN HIS HOMEWORK ✳ HICE QUE AZOTARAN A EDGAR REYNOLDS PORQUE LE ROBÉ LOS DEBERES ✳ LE HABÍA SISADO A MI MADRE DINERO DEL MONEDERO ✳ I STOLE FROM MY MOTHERS BAG ✳ A GWYNETH TAMBIÉN LE QUITÉ UNAS MONEDAS ✳ I STOLE FROM GWYNETH BAG ✳ ROBÉ 12 LIBROS EN SOLO 3 VISITAS A LA BIBLIOTECA Y DESPUÉS LOS TIRÉ EN EL PARQUE ✳ I STOLE 12 BOOKS IN 3 VISITS FROM THE LIBRARY, & THREW THEM AWAY IN THE PARK ✳ BEBÍ UN VASO DE MEADAS MÍAS PARA VER A QUÉ SABÍAN ✳ I DRANK A CUP OF MY WATER TO SEE WHAT IT TASTE LIKE ✳ PEGUÉ A UN PERRO CON UN PALO HASTA QUE SE ECHÓ A RODAR POR EL SUELO Y DESPUÉS ME LAMIÓ LA MANO ✳ I BEAT A DOG WITH A STICK SO IT WOULD ROLL OVER AND LICK MY HAND AFTERWARDS ✳ ESTUVE CON DAN JONES MIRANDO POR LA CERRADURA MIENTRAS SU CRIADA SE DABA UN BAÑO ✳ I LOOKED WITH DAN JONES TROUGH THE KEYHOLE WHILE HIS MAID HAD A BATH ✳ ME CORTÉ CON UN CORTAPLUMAS LA RODILLA Y MANCHÉ DE SANGRE UN PAÑUELO Y DIJE QUE ME HABÍAN SANGRADO LAS OREJAS Y ASÍ APARENTÉ QUE ESTABA ENFERMO Y A MI MADRE LE DI UN BUEN SUSTO ✳ I CUT MY KNEE WITH A PENKNIFE, & PUT BLOOD ON MY HANDKERCHIEF & SAID IT HAD COME OUT OF MY EARS SO THAT I COULD PRETEND I WAS ILL & FRIGHTEN MY MOTHER ✳ ME BAJÉ LOS PANTALONES Y SE LA ENSEÑÉ A JACK WILLIAMS ✳ I PULLED MY TROUSERS DOWN & SHOWED TO JACK WILLIAMS ✳ VI A BILLY JONES MATAR A GOLPES A UN PALOMO CON UNA PALA DE CHIMENEA Y ME REÍ Y LUEGO ME PUSE MALO ✳ I SAW BILLY JONES BEAT A PIGEON TO DEATH WITH A FIRE-SHOVEL, & LAUGHED & GOT SICK ✳ CEDRIC WILLIAMS Y YO ENTRAMOS SIN QUE NADIE LO SUPIERA EN CASA DEL SEÑOR SAMUELS Y VERTIMOS TINTA EN LA CAMA ✳ CEDRIC WILLIAMS AND I BROKE INTO MR.SAMUEL'S HOUSE AND POURED INK OVER THE BED-CLOTHES

67

La puerta estaba abierta. Me gustaba que la puerta estuviera cerrada por la noche, ya que prefería tener a un fantasma en la habitación antes que pensar que pudiera entrar uno; pero a Jack le gustaba que estuviera abierta y lo echamos a suertes y ganó él. Oímos la puerta de entrada y pasos cerca de la cocina.

—Tío Jim.

—¿Cómo es?

—Es como un zorro. Come cerdos y gallinas.

El techo no era grueso y podíamos oír cada sonido: el crujido de la silla del bardo, el estrépito de los platos, la voz de Annie diciendo: «¡Es medianoche!».

—Está borracho —le dije.

Nos quedamos en silencio esperando oír una pelea.

—A lo mejor tira platos al suelo —añadí. Pero Annie le regañó en voz baja:

—Vienes hecho una vergüenza Jim, Jim.

Él le devolvió un murmullo.

—Falta un cerdo —dijo ella—. ¡¿Por qué tienes que hacer esto, Jim?! Ya no nos queda nada. Jamás podremos salir adelante.

—¡Dinero! ¡Dinero! ¡Dinero! —dijo él. En esos momentos estaría encendiéndose la pipa.

Annie bajó tanto la voz que no podíamos oír lo que decía. Entonces, tío Jim le preguntó:

—¿Te ha pagado los treinta chelines?

—Están hablando de tu madre —le dije a Jack.

Annie estuvo hablando durante largo rato en voz baja y, mientras tanto, nosotros estábamos a la espera de oír algunas palabras de nuevo. Dijo «señora Williams», y «coche», y «Jack» y «melocotones». Pensé que estaba llorando porque con la última palabra se le quebró la voz.

La silla de tío Jim volvió a crujir; puede que hubiera dado un golpe en la mesa con el puño y a continuación le oímos gritar:

—¡Yo le daré melocotones! ¡Melocotones! ¡Melocotones! ¿Quién se ha creído que es? ¿Es que los melocotones no son lo suficientemente buenos para ella? ¡Al infierno con su maldito coche y con su maldito hijo! Menospreciarnos a nosotros...

—¡No, no, Jim! ¡Despertarás a los chicos! —dijo Annie.

—¡Eso voy a hacer! ¡Los voy a despertar y les voy a dar una paliza!

—¡Por favor, Jim! ¡Por favor!

—¡Larga a ese chico! Lárgalo tú o lo haré yo. ¡Que se vaya a sus tres malditas casas!

Jack se tapó la cabeza con la ropa de cama y se puso a llorar con la cara enterrada en la almohada.

—¡No quiero oírlo! ¡No quiero seguir escuchándolo! ¡Le escribiré a mi madre y vendrá a sacarme de aquí!

Me levanté y cerré la puerta. Jack no volvió a decirme nada y yo me quedé dormido con el rumor de las voces de la planta de abajo que pronto se atenuaron.

A la hora de desayunar tío Jim no estaba. Cuando bajamos, los zapatos de Jack estaban limpios y la chaqueta zurcida y planchada. Annie le puso dos huevos cocidos a Jack y uno a mí. Ella me perdonó por sorber el té del plato.

Tras el desayuno, Jack fue caminando a la oficina de correos. Mientras, yo me llevé al *collie* tuerto a cazar conejos a la parte de arriba de la finca, pero se puso a ladrar a los patos y me trajo un zapato viejo que encontró en un seto y se tumbó moviendo la cola junto a una madriguera. Entonces, me puse a lanzar piedras al estanque vacío y el perro volvía tranquilamente trayendo ramas.

Jack se fue merodeando al húmedo valle con las manos en los bolsillos y la gorra inclinada sobre uno de los ojos. Dejé al *collie* olisqueando en una madriguera de topos y me subí a la copa de un árbol que había en la zona donde se encontraba el retrete. Debajo, Jack jugaba a los indios él solo, arrancando cabelleras, escondiéndose entre la maleza, sorprendiéndose a sí mismo tras un tronco o entre la hierba. Lo llamé una vez, pero hizo como si no me oyera. Jugaba solo, en silencio y con crueldad. Lo veía de pie, con las manos en los bolsillos, moviéndose con bravura en la embarrada orilla del arroyo al pie del valle. La rama sobre la que yo estaba dio una sacudida, las copas de los arbustos de repente empezaron a dar vueltas y a acercárseme como si fueran peonzas verdes.

—¡Me caigo! —grité.

Me salvaron los pantalones, me balanceé y me agarré. Un minuto de loca aventura, pero Jack no levantó la vista y el minuto se perdió. Acto seguido, bajé, sin dignidad, al suelo.

Poco después, tras un silencioso almuerzo, mientras Gwilym leía las Escrituras o les escribía poemas a las chicas o dormía en su capilla, mientras Annie amasaba el pan y yo hacía un silbato de madera en el desván del establo, el coche de la señora Williams llegó de nuevo.

Fuera de la casa, Jack, vestido con su traje nuevo, fue corriendo hacia su madre. Conforme ella salió del vehículo, subiéndose la falda para poner los pies sobre el empedrado, le oí decir:

—Y te llamó maldita vaca, y dijo que me iba a dar una paliza, y Gwilym me llevó al granero ya estando oscuro y dejó que los ratones se me subieran, y Dylan es un ladrón y esa vieja me ha estropeado la chaqueta.

La señora Williams envió al chófer a que recogiera el equipaje de Jack. Annie salió a la puerta y, mientras intentaba sonreír y hacer un gesto de cortesía, se atusó el pelo y se limpió

las manos en el delantal. La señora Williams dio las buenas tardes y se sentó en la parte de atrás con su hijo mientras clavaba los ojos sobre las ruinas de Gorsehill.

El chófer regresó y el coche se marchó dispersando a las gallinas. Yo salí corriendo del establo para despedirme de Jack, que se sentaba rígido e inmóvil junto a su madre.

Agité mi pañuelo.

Índice

Otros títulos de Traspiés

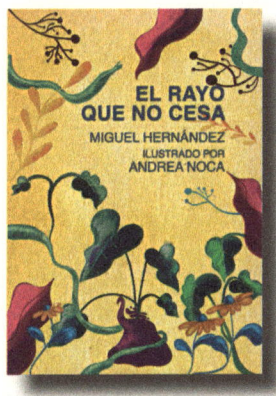

El rayo que no cesa
Miguel Hernández
Ilustrado por Andrea Noca

El amor y su sentimiento, el amor y la verdad, el amor y la muerte, el amor y su sufrimiento, esos son los temas fundamentales de "El rayo que no cesa", el volumen que Miguel Hernández publicó en 1936 en la editorial Héroe. Inspirado posiblemente por el desengaño amoroso que el poeta sufrió tras una breve e intensa relación con la pintora Maruja Mallo, es un libro moderno, aunque muy influido aún por la poesía del siglo de oro.

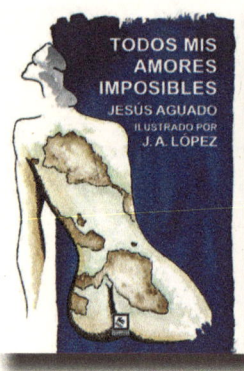

Todos mis amores imposibles
Jesús Aguado
Ilustrado por J.A. López

El Gilgamesh o La Ilíada, Petrarca o Keats, Emily Dickinson o Rilke: escribir amores imposibles es uno de los motores de la poesía universal. En este libro se catalogan unos cuantos de estos amores imposibles que, en realidad, no son otra cosa que alegorías de las relaciones humanas. Es el adjetivo, "imposible", el que acaba fagocitando al sustantivo "amores", que es como decir que es la vida adjetiva la que se impone a la vida sustantiva. Ironía (y autoironía), humor, gratitud, ternura, desencanto, miedo, gozo y la enseñanza de que, hagamos lo que hagamos, nunca conoceremos a la otra persona por muy cercana y querida que sea.

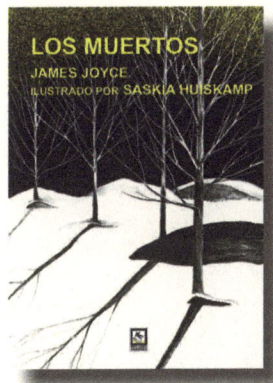

Los muertos
James Joyce
Ilustrado por
Saskia Huiskamp

Los muertos es el último relato, el más largo y probablemente el más ambicioso del volumen Dublineses, de James Joyce. La cena que las hermanas Morkan organizan en su casa podría entenderse como un microcosmos de la vida en Dublín, y de los recuerdos personales del propio Joyce. Una reunión de la pequeña burguesía que festeja de ese modo sus costumbres y claves culturales. El inesperado final está repleto de significados ocultos pero también de melancolía, con un monólogo que preludia los que Joyce escribirá poco después en su obra más reconocida, Ulises.

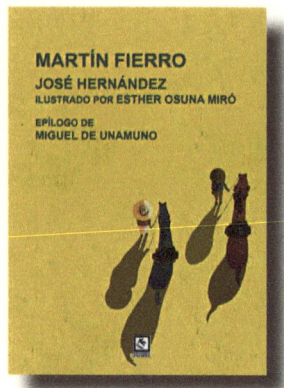

Martín Fierro
José Hernández
Ilustrado por Esther Osuna

Se cumplen este año los ciento cincuenta de la publicación del *Martín Fierro*, de José Hernández, el gran poema argentino y uno de los textos más conocidos de la literatura moderna. Curiosamente, fue Miguel de Unamuno uno de los primeros en advertir la calidad literaria que atesoraban las aventuras del gaucho por el territorio mítico de la pampa argentina, así como la profunda conexión que le unía a las grandes obras de la literatura hispánica. Rebelde, sentimental, perseguido por la justicia, atormentado por sus pecados, Martín Fierro es fiel ejemplo del héroe moderno.

Entre los vivos
Historias de fantasmas
Poe, Saki, Ambrose Bierce,
Lovecraft, M.R. James, Au-
guste Villiers de L'Isle-Ad,
W.W. Jacos
Ilustrado por Mer M. March
y Claudia de Puig

Las historias de fantasmas son una de las
formas más fructíferas y recurrentes de la historia de la literatura. Siguiendo esta tradición
las páginas del presente volumen contienen
ecos sobrenaturales que provienen en su
mayor parte de lo que podríamos llamar la
Edad de Oro del cuento espectral. Fruto de
la obsesión por lo oculto, y por la inevitable
realidad humana del temor y la expectación
ante la muerte, esta recopilación de relatos
nos sumerge, gracias a la escogida selección
de textos, en ese terrorífico mundo fantasmal,
dando fe de que los espectros continúan
entre nosotros, entre los vivos.

Cavalleria rusticana
Giovanni Verga
Ilustrado por
Marta Ponce

Cavallería rusticana, de Giovanni Verga, es un título mítico de la literatura europea. Relato ambientado en la Sicilia del siglo diecinueve, ha sido fuente de inspiración para creadores como el compositor Pietro Mascagni, que lo utilizó para el argumento de su ópera más famosa, e incluso para cineastas como Francis F. Coppola, que se apoyó en él para el final de su trilogía sobre "El Padrino".

La voz de Nueva York
O. Henry
Ilustrado por
Quiel Ramos

O.Henry (1862-1910), está considerado uno de los maestros del relato norteamericano del siglo veinte.

Dotado de un afilado sentido del humor y de una gran capacidad verbal, O. Henry es al mismo tiempo defensor y crítico mordaz de la vida en la Gran Manzana, de esa ciudad de "los cuatro millones" que se estaba convirtiendo en la capital del mundo. Los habitantes de la Gran Manzana aparecen nítidamente retratados en una serie de historias que van desde el costumbrismo hasta la crítica del ambiente literario, desde el cuento policial al retrato de la burguesía neoyorkina.

El loco
Khalil Gibram
Ilustrado por Teresa Saco

Treinta y cinco años contaba Khalil Gibran en el momento de escribir *El loco*, pero a sus espaldas llevaba un amplio y rico bagaje cultural adquirido en Líbano, Estados Unidos y Francia. Letras y pintura, conversaciones y lecturas, drogas y alcohol, junto con un espíritu inquieto, constituían ya por entonces el universo de un autor único en el mundo árabe, portavoz una generación sin par, la de La Emigración (al-Mahar). Moderna pero deudora de ancestrales tradiciones literarias orientales.

Escrito con una prosa única, impregnada de misticismo poético, en *El loco* se funden los géneros breves y la narración larga, la lírica y la prosa reflexiva.

EL hombre que amaba las islas
D. H. Lawrence
Ilustrado por
Begoña Fumero

Cathcart salta de una isla a otra en busca del paraíso terrenal, pero este se le revela huidizo. No lo encuentra en la vida en comunidad de la primera isla, ni en el matrimonio de la segunda, ni en la soledad de la tercera. El hombre que amaba las islas es una mezcla de lo salvaje y lo onírico donde Lawrence, a través de su personaje principal, nos muestra la incomodidad ante una sociedad de la que no se siente partícipe, y cómo, en su búsqueda, descubre que el Paraíso no dista tanto del Infierno.